古利和古拉
的
神秘客人

［日］中川李枝子 著　［日］山胁百合子 绘

季颖 译

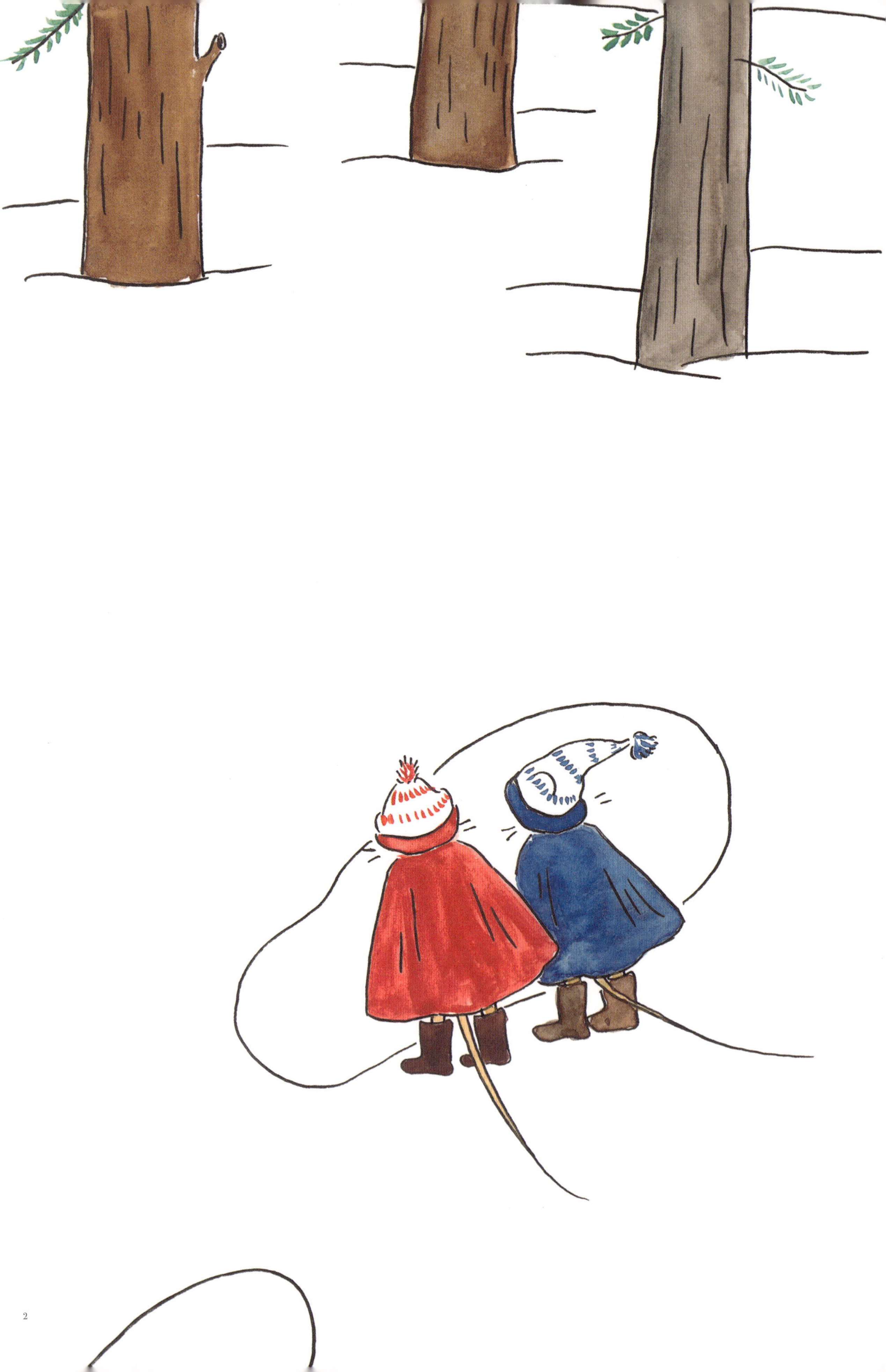

田鼠古利和古拉在树林里打雪仗,
忽然,他们发现雪地上有奇怪的大坑。
"哎呀,是陷阱。"古利说。
"这儿也有,那儿也有。"古拉惊讶地瞪圆了眼睛。
雪地上,好多大坑,一个接着一个。

"是谁挖的呢?"
古利探头看了看,说:
"不,不是陷阱,是脚印。"
古拉也探头看了看,说:
"嗯,没错,是靴子印。"

"难道是狐狸？"

"比狐狸的脚印大。"

"是熊？"

"比熊的也大呀。"

"那，咱们侦察一下吧，看看到底是谁的。"

"好！"

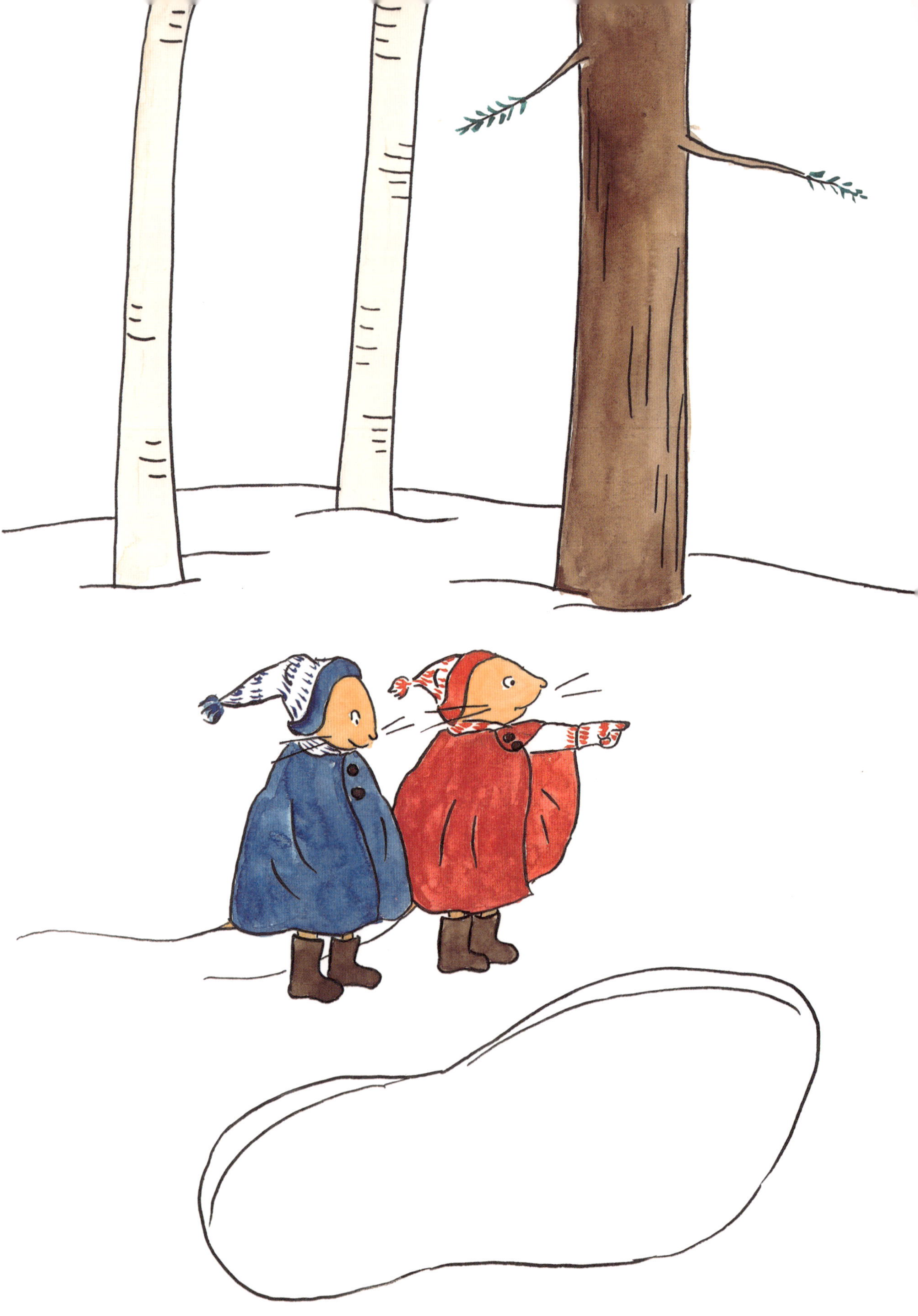

古利和古拉顺着大脚印往前走。

穿过树林,越过原野,脚印一直通向落叶松林。

树林边上立着一个雪人。

雪人身后有一座房子,房子的烟囱冒着烟。

脚印在房子门口消失了。

"咱们好像到了一个很远的地方。"古利说。

古拉说:"不过,这地方像是在哪儿见过。"

"咦!"两只田鼠忽然揉了揉眼睛,

"这儿不是咱们自己家吗?"

古利和古拉

古利和古拉打开门。
他们看见一双好大好大的大棉靴。
"是谁的呢？"古利说，

"怪吓人的。"古拉跟着说。

两只田鼠用很小很小的声音说了句"我们回来了",走进屋里。

古利脱下斗篷,想往墙上挂——
可是那儿挂了一件钉着
金扣子的红大衣。

古拉摘下围巾想挂起来——
咦,已经有一条白围巾挂在那儿了。

他们摘下帽子,一看挂帽子的地方——
早被一顶红帽子占上了。

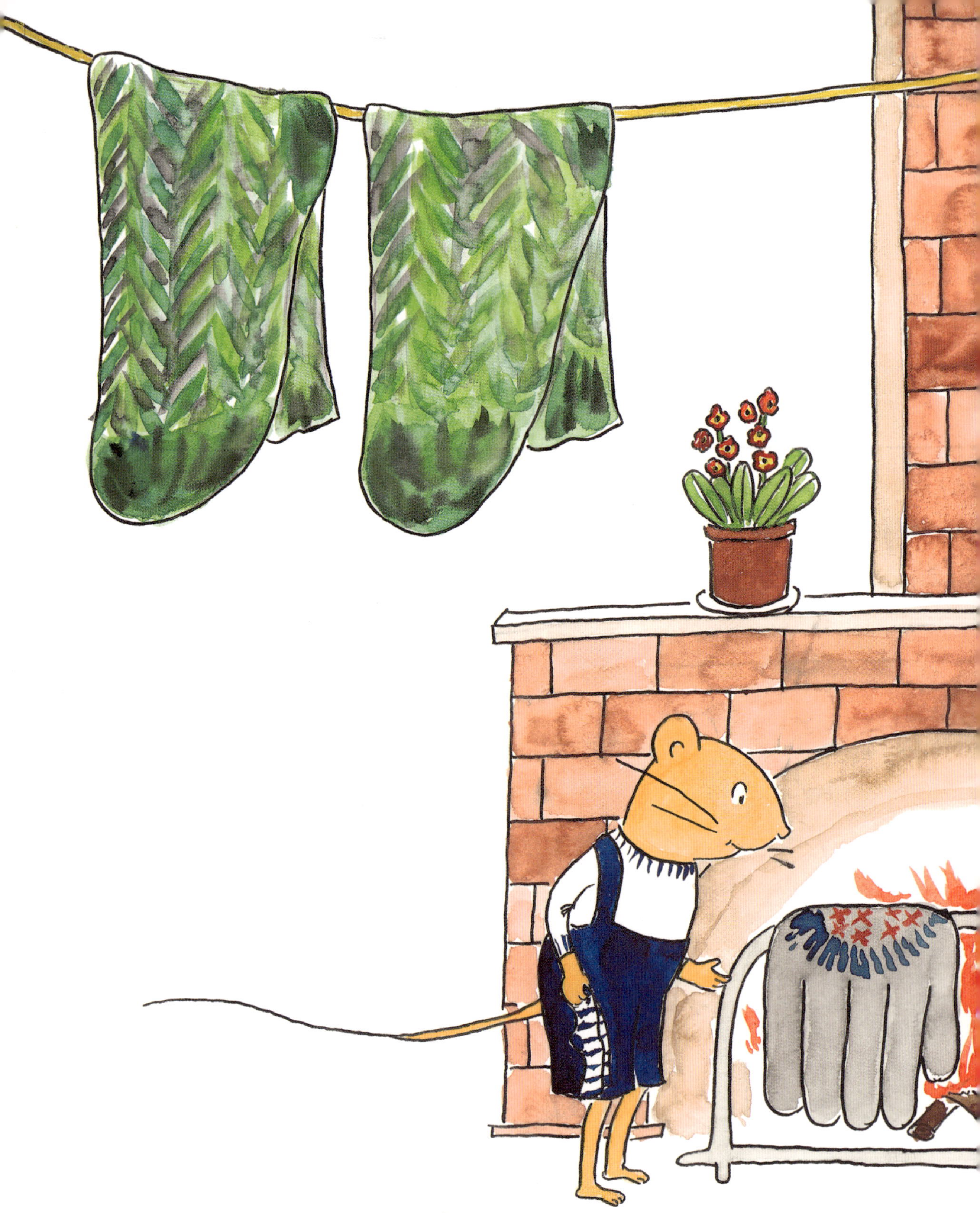

古利和古拉来到壁炉前,想把手套和袜子烤烤干。
可是那儿也已经晾上手套和袜子了。
而且,墙角还放着一个大口袋。

"客人到底在哪儿呢?"古利歪着头想。

古拉说:"没准儿客人是从远方来的,

赶路赶累了,在睡午觉吧。"

他们跑去看床。

床上没有人。

17

古利说:"也许在洗澡吧。"
他们又去浴室。浴室里也没有人。

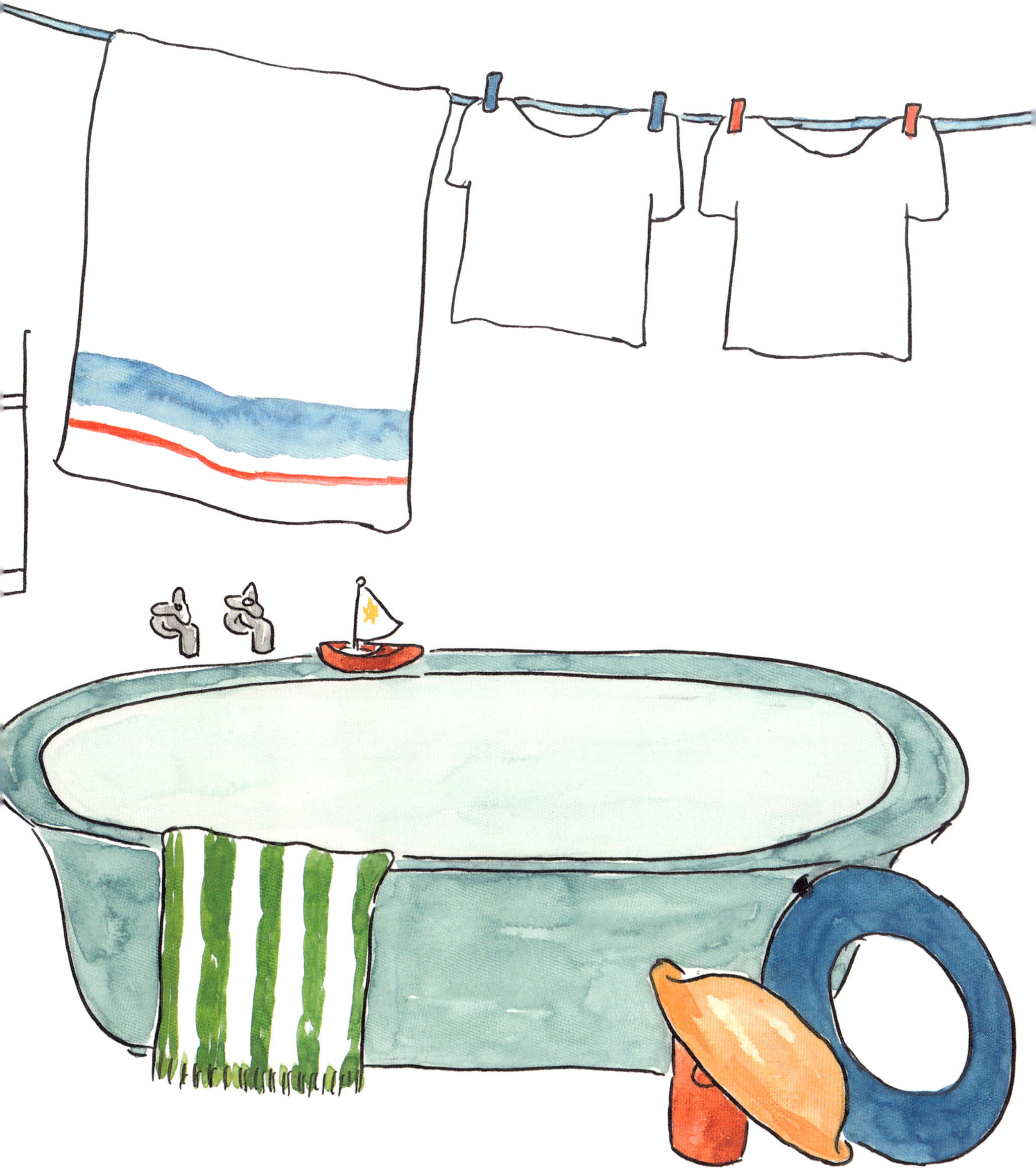

忽然，古利和古拉吸了吸鼻子。
"啊，真好闻！"
古利和古拉闭上眼睛，深深地吸着气，闻了又闻。
"是烤蛋糕的香味儿！"

"嗯，又松又软的大蛋糕。"
"不过，好奇怪啊！"古利和古拉歪着头想。
"咱们俩谁也没烤蛋糕呀。"
两只田鼠朝厨房跑去。

哎呀！厨房里有位穿着红裤子的白胡子老爷爷。

老爷爷手上捧着一个刚烤好的蛋糕。

说起这个蛋糕来呀——

别提上面抹了多少巧克力和奶油了。

"圣诞节快乐！"老爷爷把蛋糕放到古利和古拉面前。

然后，老爷爷看了看表，

快乐

"我得赶紧走!赶紧走!去晚了就糟糕了。"
说着,他到壁炉前穿上袜子,然后围上围巾,穿好大衣,戴上帽子和手套,背起大口袋。
"祝你们新年好!"
老爷爷穿上靴子,走出门去。
"谢谢,谢谢。"
古利和古拉挥手送别老爷爷。
老爷爷的身影很快就消失在雪中了。

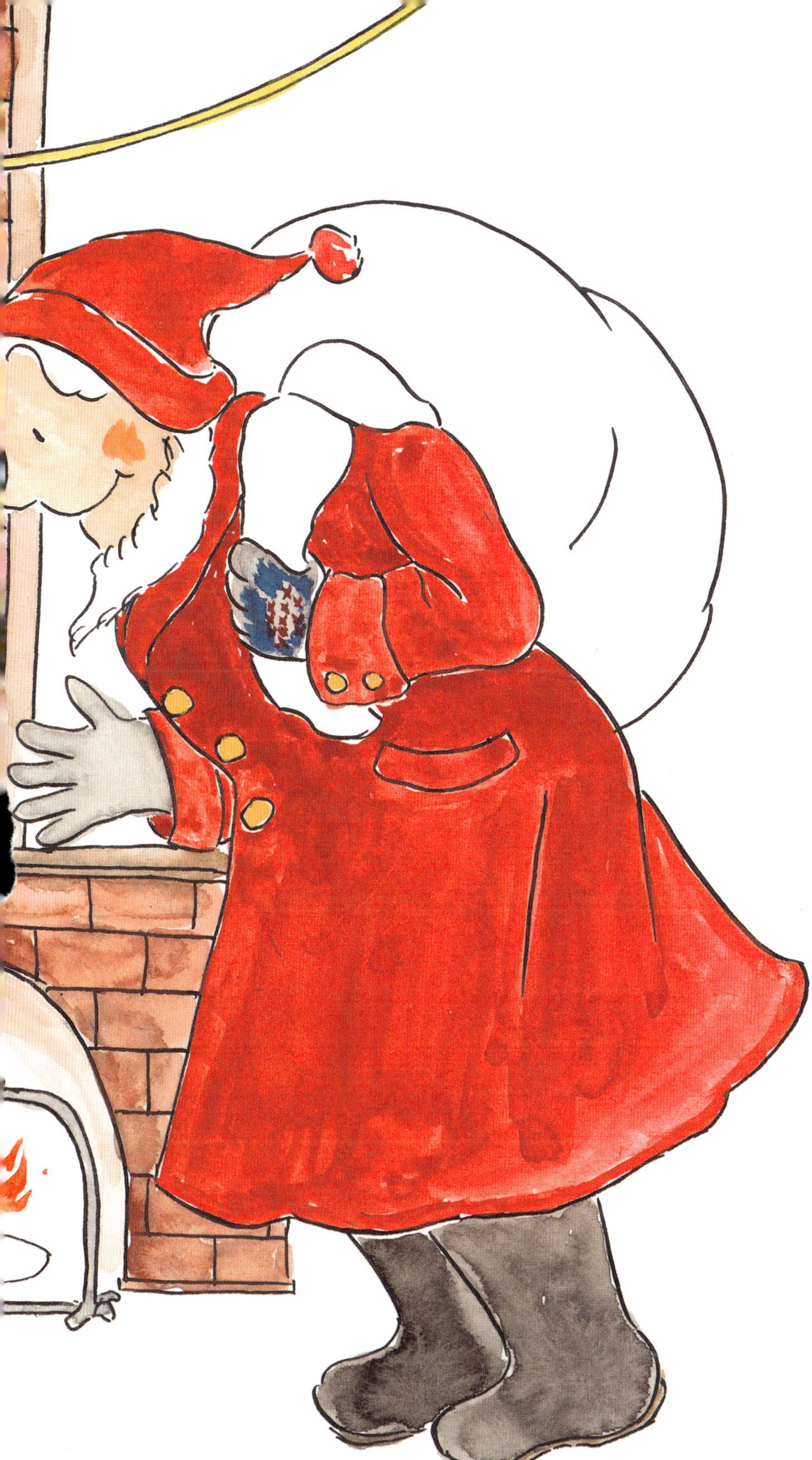

26

那天晚上，古利和古拉家里来了好多朋友。

他们都是闻到香味儿跑来的。

大家在一起喝茶、吃蛋糕、唱歌、跳舞，愉快极了。

北京市版权局著作权合同登记 图字：01-2020-2402

GURI TO GURA NO OKYAKUSAMA (Guri and Gura and Their Guest)
Text © Rieko Nakagawa 1966
Illustrations © Yuriko Yamawaki 1966
Originally published in Japan in 1966 by FUKUINKAN SHOTEN PUBLISHERS, INC..
Simplified Chinese translation rights arranged with FUKUINKAN SHOTEN PUBLISHERS, INC., TOKYO.
through DAIKOUSHA INC., KAWAGOE.
All rights reserved.